震落月色

和權詩集

序

李怡樂

　　菲華著名詩人和權，以其令人嘆服的速度又結集出版《震落月色》，給菲華文壇帶來莫大的驚喜！

　　本書共分四輯：

　　第一輯　憂鬱的筆

　　第二輯　大石頭（散文詩）

　　第三輯　菊花石筆筒

　　第四輯　震落月色

　　本書第一、三、四輯共收入和權的新作近三百首短詩。內容極其豐富，奇妙的想像和多樣化的表現手法，在菲華詩壇上實屬罕見。由此可見，作者的詩創作技巧運用更加得心應手，詩藝已臻爐火純青。第二輯裏，首次收入散文詩三十篇，短小精鍊，文筆流暢，寓深意於淺白之中，給予讀者藝術美的欣賞和精神上有益的啟發。誠然是本書一個可喜的亮點。

靈思泉湧妙詩多

　　多年來，閱讀了作者發表的大量詩作，令人不得不佩服，和權具備隨時隨地捕獲詩靈感的天賦。在複雜的現實環境，以及緊張的生活節奏裏，業餘寫作者與讀者，幾乎都偏愛「短」的作品。高度濃縮的文字，蘊含豐富的思想內容，正所謂「麻雀雖小，五臟俱全」。一首詩，僅幾行句子，看似簡單，其實難度極高，沒有紮實的文字功底，談何容易。像和權如此於寫定期專欄之外，還執著於詩創作，並取得傲人的成就，屈指可數。

　　和權善於比喻。他非凡的想像力，使得詩中的比喻顯得靈活而新奇。

　　請看：〈賣笑的女郎〉

　　　　政客是
　　　　賣笑的女郎
　　　　穿著薄紗似的
　　　　謊言

　　　　而老百姓的淚
　　　　是
　　　　雨

　　　　一淋
　　　　就凹凸盡現了

這是一首諷刺詩，沒有謾罵、刻薄的字眼，卻非常尖銳揭示偽善的政客，同情老百姓。容易引起共鳴。

〈清官〉

霓虹燈
因黑暗的降臨
而亮了

越黑暗
越亮
麗

　　此詩只十八字。以霓虹燈喻清官，既新鮮又貼切。這種文字淺白，寓意深刻，滲透著生活氣息的短詩，最受讀者的喜愛。
　　這一類型的短詩都是出自詩人的憂思天下而創作。詩人的慈悲、憂傷也在詩中顯示出來。

〈首飾〉

戴什麼
才能襯出
優雅高貴的氣質

親愛的
戴上
光芒四射的

慈悲

此詩是作者內心的真實表露

〈樹影婆娑〉

揮掃不去
茶几上的
月光

月光啊
心中淡淡的
憂傷

「憂傷」、「月光」為一虛一實；一內一外，其共通之處就是「揮掃不去」。此詩情景淡雅（月下品茗），意境淒美（淡淡的憂傷），讀罷回味無窮。

毫無疑問，詩已融入作者的生活，甚至融入作者的生命。

詩啊
我的燭火

——摘自〈燭〉

「我是詩」
　　——摘自〈飛飛飛〉

具體的較完整的表達作者的詩觀，是此詩集的「橫眉」。

〈橫眉〉

他們說：
「你的詩，有很多
淚，也有
很多笑。看似平白，
其實
難懂。」

我往太陽下一站
心想　管他
懂不懂
這一撇影子
是
橫眉

　　和權的詩是真情實感創作的，「有很多／　淚／也有／很多
笑」。

「我往太陽下一站」，意指我的詩光明正大，可攤在陽光下。至於「他」（即他人），懂或不懂，得看「他」的文學修養程度而定。一篇作品，表達的是作者感觀，不可能符合所有讀者的口味。即使偉人的著作，也不見得人人都讀懂。

「橫眉」，令人即刻想到「冷對」（魯迅的「橫眉冷對千夫指」），此處意指冷靜對待各方面的意見，畢竟，詩人自己的詩觀和詩創作原則，不可以傲慢視之。

值得一提的是，「這一撇影子」比喻「橫眉」，真是神來之筆。

精短新奇散文詩

本書第二輯，收入三十篇散文詩。每一篇都充滿濃濃的詩意。篇幅雖小，涉及的主題卻很廣，有哲理、環保，懷念以及對社會不平的控訴等等。

〈大餐廳〉：第一段給讀者展示「蔚藍的天、遼闊的海」，何等美好的生態環境！第二段，入目的是「一碗魚翅」，想到血濺碧海，「傷殘的鯊的顫動」，令人震撼。這種肆意破壞大自然環境的殘殺行為，讓人聯想得更多、更深……

〈大石頭〉：此篇列舉我國的歷史教訓，每塊「大石頭」其實是一座座紀念碑。有愛國心的中國人，至死不忘──「這顆心不再跳動時，一塊塊石頭，仍然壓著」。言簡意賅。

〈奔流〉：以江河的奔流喻歲月。雖然，作者說：「不管」，「不管，有沒有橋。更不管，兩岸的人，能否互相往來」。其實作者是很在意的。「滔滔滾滾，日夜不停地奔流」的

歲月，是推動歷史車輪不斷前進的力量，人的智慧也在進步。先擱置爭執，不必急著爭鬥，製造仇恨。那些不是人民喜聞樂見的，不得人心的事物，將被奔流的江河所淘汰。今日的難題，將來或許只是一則笑話而已。

　　此篇文字簡潔、含蓄，意在言外，引人三思，值得細品。

　　上述只是本書的梗概。書中還有許多豐富的營養，有待讀者慢慢地吸取。

◀ 和權已出版的詩集、
　文集、論集。

▲ 和權於菲文化中心（CULTURAL CENTER OF THE
　PHILIPPINES）發表獲獎感言（攝於2012年8月）。

▲ 左起為菲律賓亞謹總統的代表國家民族藝術家VIRGILIO ALMARIO，
右為詩人和權（攝於2012年8月）。

▲ 左起為作家、翻譯家施華謹，施夫人（蔡健英），和權的女兒陳潔
寧、和權、名作家MARNE KILATES（攝於2012年8月）。

▲ 左起為國家民族藝術家VIRGILIO ALMARIO、菲作家聯盟主席
　ABDON BALDE JR，和權、陳潔寧、施華謹（攝於2012年8月）。

▶ 菲詩聖描轆沓斯文學獎（GAWAD
PAMBANSANG ALAGAD NI
BALAGTAS）之獎座，該獎為最高
文學獎，亦為「終身成就獎」。

◀詩人張默贈和權的字畫。

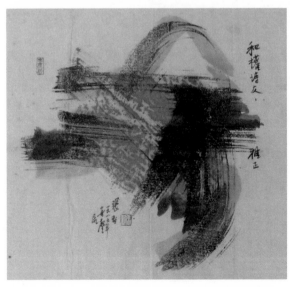

◀詩人張默贈
和權的字畫。

◀和權詩，洪仁玉畫，
　蔡秀雲書法。

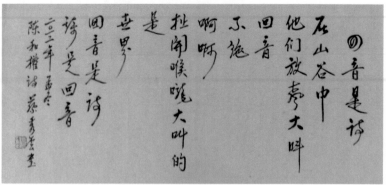

▲〈回音是詩〉一詩。國畫家蔡秀雲書法，和權詩。

▲ 詩人侯吉諒贈和權之書法。

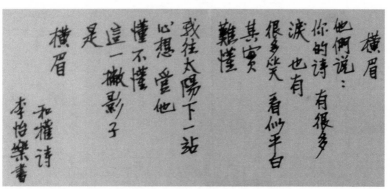

▲ 詩人李怡樂書法，和權詩。

榮獲之獎狀、獎牌、獎章及獎座

華文著述獎狀

陳和權先生所著楊
子的結詩集寫出華
僑的心聲及對祖國
與先人的懷念清新
簡潔感人至深榮獲
本會七十六年文藝
創作項華文著述獎
陳頒贈獎章獎金外
特頒獎狀籍資表揚

中華民國

華僑救國聯合總會

日

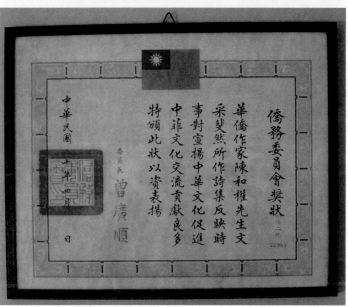

僑務委員會獎狀

華僑作家陳和權先生文
采斐然所作詩集反映時
事對宣揚中華文化促進
中菲文化交流貢獻良多
特頒此狀以資表揚

中華民國

委員長 曾廣順

日

目　次

第二輯　大石頭（散文詩）

第三輯　菊花石筆筒

第四輯　震落月色

第一輯　憂鬱的筆

獎　座

榮譽
好沉好重

木雕的獎座嵌著霞光
聞起來
卻有汗和血的味道

二〇一二年菲律濱《耕園》

瓶

買了一個大花瓶
妻將它
靠牆擺著

我搖頭
「瓶子
喜歡獨立
不要
靠」

二〇一三年菲律濱《詩之葉》

星　語

用心
去聆聽
你　就會聽見
星與星
的交談

每一閃
都是問候
都是互相關懷的
話

啊！
關懷哪一顆星
又殞落了

二〇一二年台灣《文訊》

梯

一被人利用
梯子
就吱吱嘎嘎地
埋怨

每天開口笑
電梯
包容了
許多人

雞啼時分

黎明前
燈盞
是該高興
還是
該傷心

自己快要熄滅
黑夜即將消失

紅　豆

從寶島
帶回兩瓶滿滿的
相思

相思誰呢？
生長在海外的
遊子
雖想念寶島
寶島也想念我們嗎

相思誰呢？
生長在海外的
遊子
雖想念祖國
祖國也想念我們嗎

二〇一三年菲律濱《詩之葉》

在洗手間

那人一聲怪叫：
手
弄髒了

我想：
該不是
做官多年的緣故吧

二〇一二年菲律濱《詩之葉》

競　選

時不時
向人彎腰
說：
「拜託，拜託」

小麻雀
笑道：
「柳樹
那麼認真在
競選呀」

另一隻說：
「死相」

二〇一三年菲律濱《詩之葉》

總 統

當上總統了
掌握大權了
擁有金山
銀礦了

正在高興
卻看到一間牢房
關著痛苦
關著絕望

啊一驚而醒
總統
問遍每一隻蚊子
都不願
當總統

二〇一二年菲律濱《詩之葉》

賣笑的女郎

政客是
賣笑的女郎
穿著薄紗似的
謊言

而老百姓的淚
是
雨

一淋
就凹凸盡現了

二〇一二年《香港文學》

樹影婆娑

揮掃不去
茶几上的
月光

月光啊
心中淡淡的
憂傷

二〇一二年菲律濱《聯合日報・辛墾》

憂鬱的筆

不想
碰筆

它，滿肚子不平
一碰
即刻在詩中
洩
　露

二〇一二年菲律濱《世界日報》

大　雨

發表了一篇偉論之後
大雨說：
「我是富有愛心的」
瞧它激動的樣子
花花草草
也就相信了

卻赫見
泛濫
成災

二〇一二年台灣《乾坤詩刊》

清　官

霓虹燈
因黑暗的降臨
而亮了

越黑暗
越亮
麗

貪　官

常常自比太陽
照耀世界
使萬物
欣欣向榮

不願比作太陽
因為它會
臉
紅

樹葉的話

樹葉是
風的子民

風一來
便爭著訴說滿腹的
悲苦

卻不知
風兒
聽著聽著
就忘了葉子們
的話

二〇一三年菲律濱《辛墾》

遊王城

一

不作聲
就是不作聲

我發現
城堡裏
每一尊古炮
都堅持
緘默

二

那尊古炮
戒備地看著
我，深怕

我是發號施令
的
軍官

二〇一三年菲律濱《聯合日報‧辛墾》

廣　場

風兒說：
英雄
用烽火
煮出
聲譽

輕輕搖頭
草葉說：
銅像
竟然還敢
仰首
向天

萬聖節

餐廳裏
那些員工
全化身為面目猙獰的
鬼怪

卻一點也不可怕

餐廳外
有些曾經見過的
笑臉迎人的
先生
太太

啊！真是嚇死人

二〇一二年菲律濱《聯合日報・詩之葉》

海鷗
——題國畫師蔡秀雲女士的「海浪・海鷗」

孤獨
那飛翔於生命大海
的海鷗
想
飛越驚濤
想
飛越駭浪

卻又緩緩降落
棲息於
心啊
這根船桅上

二〇一二年菲律濱《聯合日報・辛墾》

首　飾

戴什麼
才能襯出
優雅高貴的氣質

親愛的
戴上
光芒四射的

慈悲

晚　風

一再地掀起窗簾

好奇的晚風

想　一窺

垂泣的男子

想　一窺

躺在床上

徹夜無眠的

思念

二○一二年菲律濱《世界日報》

雪

誰說
生長在千島之國
我
未曾見過雪

大街上
一張張冷臉
一對對
冷眼
不都在下雪嗎？

二〇一二年《香港文學》

報 童

每天派送的是
驚心
痛心
傷心

如果哪一天
報童
永不再出現
這紛亂的
世界
是不是從此變得
美好

二〇一三年菲律濱《詩之葉》

果　實

嚐起來
也苦也甘
也酸也甜

憐憫呀
這一粒飽滿的
果實

臉　紅

為嗅到
火藥味
太陽
急得臉紅了

為看到
飛彈如雨
太陽
急得臉紅了

多少次臉紅
多少次家破
人亡

主 義

一頭闖了進來
便再也
走不出去

一些夢魘
偌大的
迷宮

滿城燈火

入夜時
雨絲飄灑
我心微濕

愛啊
打亮的
滿城
燈火

註：飛機降落前，瞧見「萬家燈火」，有感。

二〇一三年菲律濱《詩之葉》

「星洲濱海灣花園」五題

花花草草

好美啊！
妻說：
這裏的花花草草
都修剪得
那麼
整齊

哎！
我瞧見
塑造的無奈
定型的悲哀
扭曲的痛苦

二〇一二年《香港文學》

無語

低著頭
那朵蘭花
輕聲說：
「我的家
在非洲森林的那一邊」

又幽幽地
問：
「你知道什麼是
鄉愁？」

土生土長的
我
竟答不出來

二〇一二年菲律濱《耕園》

仙人掌

你的愛
那一輪炎日
你的情
那一望無際的
大漠

終於長出一株株
綠色的

幸福

二〇一二年菲律濱《耕園》

花間

亮麗給誰看？
亮麗給誰看？

風來時
滿園抖動的

紅花
爭著問

風在綠葉間
大笑：「遠天的月亮
好亮麗啊。」

二〇一二年菲律濱《耕園》

聖誕紅

海嘯　核災
戰火　飢荒

樹
又張開紅色的
眼睛
傷心地
送走
不幸的一年

二〇一二年台灣《文訊》

住　址

別問我
住在哪裏

怎能
告訴你
我體內那座金碧
輝煌
卻
廢墟了的
地址

二〇一三年菲律濱《辛墾》

顏　料

綠
仇恨
藍

白
歧視
黑

紅
快要滅種了

黃
被排擠
遭圍堵

二〇一二年菲律濱《詩之葉》

沉　默

貢奉在
你的
墓前

沉默
花瓶似的
插滿了
潔白　清香
的
思念

富貴榮華

榮華富貴像什麼？
我望著
車窗外聳入雲霄的
高樓

富貴榮華像什麼？
我望著
車窗外那座坍塌的
古屋

二〇一三年菲律濱《聯合日報・詩之葉》

葉　想

綠葉想
像雁子一般
飛上
雲端

整天
不停地埋怨
搖頭
嘆息

盛夏過了
秋風逼它下墜
才驚覺
留在枝梢上
多麼
幸福

「星加坡裕廊飛禽公園」三題

咕嚕咕嚕

妻說：
那隻怪鳥
咕嚕咕嚕地
叫個不停

仔細聽
我說：
這隻鳥
一再提醒
全世界沒飯吃的人
肚子
都是這般地
咕嚕咕嚕……

鳥

這隻鳥

吱吱喳喳地

發表

政見

那隻鳥

啁啁啾啾地

保證當選後

有一個清廉的

政府

卻沒人聽見

樹上

另一隻鳥

格格的笑聲

二〇一三年菲律濱《耕園》

七行

麻雀
問大樹：
死亡
也有顏色嗎？

葉子
輕嘆一聲：
我最怕黃色……

別推門進來

詩情
東倒西歪

連寂寞
也鏽跡斑斑

心哪
幽深的庭院
掛滿
蛛絲

二〇一三年菲律濱《詩之葉》

先生的銅像

被潑了漆
先生的銅像
耳赤面紅

面紅耳赤
不曉得
是羞
是怒

面目模糊
看不清
是王
是寇

母　親

突然想起

細細的枝椏

辛苦

承受著

青澀果實之重壓

直到

熟透了

當我品嚐著

甜蜜的果實

聖誕夜

叮噹叮噹
教堂的鐘聲
提醒人們
慎記上帝的愛

哈哈笑
你說：
上帝啊
也請謹記世人的
飢餓

二〇一三年菲律濱《詩之葉》

漂　鳥

清晨
坐在書桌前
筆，很有精神
稿紙也笑臉迎人
至於詩思
啊詩思那隻漂鳥
在筆尖下
輕快地
飛翔

二〇一三年台灣《文訊》

枝　丫

枝丫
指著波濤洶湧的
大海

緣因
飛鳥吱吱喳喳地
問：
秋雨
為人間的苦難
流了多少淚？

燭

生來
就是要燃燒

夜裏
一點搖晃的
光
給人照耀大地的希望

詩啊
我的燭火

二〇一三年菲律濱《詩之葉》

賞詩的眼睛

她說：
詩集都堆在牆角
到底
留給誰來看呀

哦！
日月不就是
一對明亮
賞詩的
眼睛？

巴以衝突

火箭台發出

一枚枚

自

衛

嗜！

全準確

射入

民

宅

註：相隔廿一年，耶路撒冷再傳警報。

二〇一二年菲律濱《詩之葉》

警　惕

航行於人海中
不可
迷失

每一聲
每一句
都是警惕

晨昏
我誦咒
唸經

二〇一三年菲律濱《辛墾》

大詩人

包裝得
美美的
劣貨
擺在商店的櫥窗裏
等人

上當

二〇一三年菲律濱《聯合日報・耕園》

膽　小

愈來愈膽小了
連嬰兒的
血
也不敢
吸

蚊子
嗡嗡叫道
他們喝的是
三聚氰胺呀！

含笑（之一）

你問
怕黑暗嗎

默持
善念
我通體光明
嘴角
含笑

二〇一三年菲律濱《辛墾》

含笑（之二）

不得不
寫詩

好在千年後
於天際
倚著艷紅的落日
憶
往昔——
嘴角綻開
似有似無的
笑

二〇一三年菲律濱《辛墾》

寬

你突然
問道：
有比天地更寬的嗎？

呵呵笑我說：
這一屋子書
寬於
天地

快樂（之一）

深不見底
稿紙
裝下了憂愁
裝下了苦惱
裝下了同情
裝下了悲憫
今夜
它，竟然嘶聲喊道：
來點別的吧
例如

快樂

二〇一三年菲律濱《詩之葉》

快樂（之二）

突然
想訪舊
只是，找了很久
依然找不到
快樂
那一條被遺忘的
小巷

改天
一定要再來
好好地
尋找

二〇一三年菲律濱《詩之葉》

古 瓷

在法國
被拍賣的一尊
宋代古瓷
張著嘴
彷彿在
泣訴：

思念故國是痛苦的
四處漂泊是痛苦的
孤單無依是痛苦的
望不見家鄉的
月亮
是痛苦的

從照片上看來
被偷被盜
陷身異域的

古瓷
似在掙扎
似欲破空而
去

第二輯　大石頭（散文詩）

大餐廳

　　蔚藍的天。遼闊的海。粼粼的水波。海底一
欉欉珊瑚。一隻隻悠游的鯊。一艘艘破浪的船。
一張張撒下的網。

　　啊！一碗魚翅。看到了蔚藍的天，遼闊的
海……傷殘的鯊的顫動。

原載二〇一三年《世界日報》

大石頭

　　很重很重。心中，壓著許多大石頭。

　　八國聯軍是一塊。鴉片戰爭是一塊。南京大屠殺是一塊。分裂的兩岸，各是一塊。啊！釣魚島又是一塊。

　　天哪！這顆心不再跳動時，一塊塊石頭，仍然壓著。

原載二○一三年《世界日報》

輸　贏

又輸球了。

電視機裏，一場足球賽，變成野獸的爭鬥。

於是，索性伸手去關掉電視，猶如關掉一場人生。

唉！

輸又如何？

贏又如何？

原載二〇一三年《世界日報》

閱　報

　　一戴上眼鏡，就聽見痛苦的呻吟。一戴上眼鏡，就聞到硝煙味。一戴上眼鏡，就看見屍橫遍野。

　　唉！這眼鏡，怎能不戴。

原載二〇一三年《世界日報》

路　樹

　　總是想：路樹，怎會一直挺著腰幹。

　　總是想：永不屈膝的樹，會不會讓諂笑的人、獻媚的人，感到羞愧。

　　總是想：這棵高大的路樹，會不會瞧不起人。

原載二〇一三年《世界日報》

晚　霞

掉在水裏面。那晚霞，逐漸溶解成夜色。
若是掉在詩中，就溶解成千古的絢爛。

原載二〇一三年《世界日報》

假如有個巢

　　假如不必拆屋倒樹，假如無須在竹林悲嘶，
那該有多好。

　　假如無須四處飄泊，假如不必露宿於寂靜的
巷口，那該有多好。

　　啊！假如有個巢……無家的風，這麼想。

原載二〇一三年《世界日報》

滿腹悲情

　　鷹，看清了群山的不平。海鷗，也瞧見浪濤的起伏不平。而波音飛機，天天面對著全世界樓房的不平。它們都有滿腹的悲情。

　　風，悄悄俯耳，告訴了我。

原載二〇一三年《世界日報》

一片漆黑

又停電了。眼前,一片黑漆漆。

站在窗前,望出去,猶如遠眺歷史。

唉!多少冤案,多少讓人髮指的事實,深埋
在黑暗中?

原載二〇一三年《世界日報》

子　孫

　　一杯水，比一塊黃金還貴。

　　嘆傷中，遂想起那個噴水池，噴出紅色的花、黃色的花、青色的花的年代。遂想起那個扭開水龍頭，讓長江黃河滔滔奔流的年代。遂想起那個泡在泳池裏，浸在歡樂中的年代。遂想起一艘郵輪，愛怎麼塗鴉，就把汪洋大海塗鴉的年代。

原載二〇一三年《世界日報》

呼　喚

　　輕聲呼喚你的，是媽媽。輕聲呼喚你的，是她。呼喚你的是，小女兒。呼喚你的是，兒子。

　　然後，呼喚你的是牙牙學語的孫子。然後，輕聲呼喚你的，是童年，是青春，是一生的回憶。

　　然後，呼喚你的，是無盡的歲月。

原載二〇一三年《世界日報》

變魔術

　　一雙雙瘦如枯枝的手，都是變魔術的手。

　　變出好玩的玩具，變出漂亮的衫褲，變出閃爍的燈飾，變出撼天動地的爆竹。

　　而這些，全是孩子們，用灑落的淚花，變出來的。

註：千島之國目前約有五百四十九萬二千名童工。

原載二〇一三年《世界日報》

幽怨的月

坐在陽台上，孤單的人，傾聽著晚風悲泣。

想念他嗎？

瓦器中，三兩朵小花垂著頭，都那麼沮喪。

而幽怨的月，今夜，特別蒼白。

原載二〇一三年《世界日報》

遺　照

　　你不信佛，無法從線香雲煙裏，捕捉你堅毅的笑容。

　　你也不信主，未能從頌歌中，尋覓你低沉的喉音。

　　只好，盯著你的遺照。久久，久久，啊——冷不防，你，伸出一隻冰手，緊緊握住我溫熱的思念。

原載二〇一三年《世界日報》

等著你

皺紋留下，白髮留下。

你，躲進回憶中。不想，也不要出來。

皺紋與白髮笑嘻嘻，說：等著你，等著你。

原載二〇一三年《世界日報》

雲

　　俯視下界。雲，心中一陣痛。

　　稻穗枯萎著，土地龜裂著，人呀，飢餓著。
而戰火，愈燒愈旺。

　　悲憫的雲，終於忍不住，啊忍不住化成一陣
雨，撲向人間。

原載二〇一三年《世界日報》

冠　軍

扛著麵包的碎屑，螞蟻說：我多有力，是世界冠軍。

舉著纍纍的果實，芒果樹說：我力大無窮，才是真正的冠軍。

大山聽見了，默不作聲。心想：實在懶得理你們。

原載二〇一三年《世界日報》

淚　光

　　又是海嘯，又是土石流，又是地震，又是火燒山，又是龍捲風。地球，以各種語言，訴說著滿腹的心事。

　　唉！默默地傾聽，蒼天，一任夜空，掛著閃閃的淚光。

原載二〇一三年《世界日報》

在沙灘上畫了一條船

小孩子歡叫道：船，就要出海了。

大人說：無畏風浪，揚帆、遠征。

老人，遠眺著茫茫的大海，說：這條船，已經靠岸。它，只希望無風無浪，永遠這樣子靠著碼頭。

原載二〇一三年《世界日報》

霧中之湖
——遊Tagaytay有感

　　起霧了。眼前，什麼都看不見。

　　啊，我喜歡——美麗的，被蒙蔽的人生之花，之草，之山，之水。

　　啊，我喜歡——真理，被蒙蔽的霧中之湖。

原載二〇一三年《世界日報》

沉　默

　　愈來愈響了。

　　沉默，是最刺耳的聲音。

　　只有彈片，能聽懂被炸後倒在血泊中的大人
與小孩，以沉默，呼號些什麼。

原載二○一三年《世界日報》

吉　他

　　吉他，豐富收藏家。

　　用每一根弦，收藏著小鳥快樂的叫聲，溪河的歡笑。也收藏著落花的沮喪，敗葉的傷悲，還有月亮的心事，星子們閃爍的淚珠。以及，涼夜那一片驚人的寂靜。

原載二〇一三年《世界日報》

奔 流

　　滔滔滾滾。歲月的江河，日夜不停地奔流。不管，有沒有橋。更不管，兩岸的人，能否互相往來。

　　歲月的江河，滔滔滾滾，日夜不停地奔流。

像野獸那樣走動

　　四肢著地。你說：要學習，像野獸那樣走動，這，有益健康。

　　嘿嘿笑我說：其實，不用學習。有許多人已經夠像。

痛苦的耳朵

聽謠言，聽謊言，聽哭聲，聽罵聲，聽競選的噪音，也聽槍炮口的嘶吼。

耳朵啊，何時能再聽見，一聲充滿柔情蜜意的輕喚？何時能再聽見，花的紅，草的綠？

原載二〇一三年《世界日報》

一滴淚

　　一滴淚說：不要看到火焰的灰燼，就把我流出來。不要仰首觀望高空中，雲來雲去，就把我流出來。不要看到天邊一灘血，就把我流出來。

　　惟，即使要流，也流不出來，因為，你已無淚。

原載二〇一三年《世界日報》

筆

　　守不住秘密。筆，又透露出心中的一沙一石，一花一草。

　　惟，仍有說不完的丘壑峻嶺，洶湧澎湃的江河，滿天熠耀的星星，一顆碩大，散發著愛之清輝的圓月。

原載二〇一三年《世界日報》

一棵樹

　　路人，幽幽地說：大樹，成天在那裏自怨自嘆。

　　小雲雀，吱吱喳喳地說：這棵樹，總在和風中，唱著一首又一首歡樂的歌。

饒舌的山水

　　潺潺的流水告訴你：瘋狂亂竄的子彈，不只讓血流成河。

　　跳躍的雀鳥告訴你：陽光，會發出血腥味。

　　山嶽告訴你：不要遠眺，遠眺，會讓你心情沉重。

　　詩人的關懷與煩憂，都被饒舌的山水述說清楚了。

原載二〇一三年《世界日報》

讀　詩

　　翻讀自己的詩集時，發覺每一篇──不是驚濤，就是駭浪。

　　然而，縱使激起天搖地動的海嘯，也不能沖洗人間的污穢。

　　然而，風，不能平，而浪，也不能靜。

原載二〇一三年《世界日報》

第三輯　菊花石筆筒

正義之音

聽見過
正義之音嗎？

嘿！
當槍炮口發聲
你就
聽見了

菊花石筆筒

筆是
生長在石筒裏的
樹

果子
熟透了
就一顆顆
掉落在

稿紙上

賭　城

撒向大海
一張網
拉上來的
何止是
活蹦亂跳的
蝦子
還有那不斷掙扎
無聲呼痛的
大魚
小魚

霍的一聲
一張網
又撒了出去

詩外：岷市大賭城即將開張，蝦子們，大小魚們，小心小心！

二〇一三年菲律濱《詩之葉》

浪　花

之一

時間
茫茫的大海
時不時
怒放
浪花

浪花
怒放在你的鬍鬚
怒放在你的雙鬢

之二

時間
茫茫的大海

時不時
怒放
浪花

一座座墳墓
一朵朵浪花

瑞　獅

又在舞獅了
唐人街
充滿新年歡樂的
氣氛

往日
舞獅的
多是習武
精神抖擻的
青少年
爾今
卻是毛頭小孩
而看來看去
瑞獅都像是
「出世仔」

唉唉！
威武的青少年
哪裏去了？
哪裏去了？

註：「出世仔」，意謂中菲混血兒。

二〇一三年菲律濱《耕園》

框

活到今天
才發覺
自己只是
一個
相框

永遠
框住你的
青春
框住你
嘴邊的
甜笑

二〇一三年菲律濱《詩之葉》

快樂的太陽

很快樂

太陽

總是戴著灰雲的

眼鏡

看人間

如果

脫掉了眼鏡

把下界

看得十分詳細

那就

不快樂啦

二○一三年菲律濱《辛墾》

街　童

送完禮物後
聖誕老人
又駕著鹿車
叮鈴叮鈴地
回去了

天真的臉
很失望：
路邊
沒有煙囪
我收不到
禮物

二〇一三年菲律濱《耕園》

夢與現實

現實是
鏡子
照出滿臉堆笑的
你

夢，也是
鏡子
照出愁眉苦臉的
你

二〇一三年菲律濱《世界日報》

圖書館

無不盼望著
亮光

人民
一櫃子一櫃子的
書

鉛　筆

愈削愈
短

啊時間
那一把鋒利的
刀

嘩嘩大笑

雨
在屋前寫著一行行
既不像散文
也不像詩
的東西

門
張開嘴巴
嘩嘩
大笑：
「把一些美麗的詞藻
組合起來
就叫散文詩？」

二〇一二年菲律濱《詩之葉》

石　頭

不喜歡
灰色的
又圓又滑的
石頭

卻喜歡黑白分明
有稜
有角的
石頭

你若問
這石頭哪裏有

我說
在鏡中

海　音

她說

貝殼裏

滿是美妙的海音

我俯耳聆聽

卻聽到

鯨的嗚咽

鯊，淒厲地

呼號

「我要翅

我要的翅」

二〇一三年台灣《葡萄園》

深　淵

一張稿紙
數百個
深淵

如何
用無盡的
思念
——填滿

詩外：某夜，在昏燈下，思念過住的好朋友：夏默、林泉、雲鶴……心有
戚戚焉，故寫此詩。

二〇一三年菲律濱《世界日報》

印　象

嘟嘟嘟
滿城的車輛
停也鳴
不停也鳴

偏偏
遇到不平
哈
不鳴了

二〇一二年菲律濱《詩之葉》

星月淚

月光
是月亮止不住的淚
星光
是星星流不停的
淚
它們看了太多
太多的悲劇

等你喝醉了
就知道
它們的
心情

二〇一二年菲律濱《世界日報》

獎　章

繁忙勤奮的
大海
胸前別著
星月的獎章

滯積發臭的
溝水
為何也別著
同樣的獎章

嘟嘟嘟

嘟嘟嘟
火車
轉換軌道了
慢慢地
開動了

不管轉往哪一條軌道
爸爸
依然心繫你
生活的
每一站

二〇一二年菲律濱《詩之葉》

買　賣

賣俠骨

賣柔腸

賣忠肝

賣義膽

迢迢千里

他們卻來千島之國

買

腎

二〇一二年菲律濱《詩之葉》

歲月的浪花

俯身去撿
涓涓流水中
美麗的
浪花

垂柳
說
我就不相信
撿不起一朵小小的
浪花

二〇一二年菲律濱《辛墾》

芒　果

從樹上
掉了下來

芒果
很後悔自己不停地
膨脹
也很懊惱
懊惱一頭栽下來之後
才逐漸

成熟

二〇一二年菲律濱《辛墾》

紙　鈔

光陰是
花花綠綠的紙鈔
愛怎麼
就怎麼消費

光陰
不是紙鈔
怎麼賺
也賺不回來

二〇一二年菲律濱《辛墾》

在畫廊

相逢
舊友驚叫道：
「啊啊
你一點也沒變」

我竊喜

妻
望著壁上的畫
輕聲說：
「湖　老了
水面上
滿是
皺紋」

二〇一三年菲律濱《世界日報》

星條旗

戰鬥機來了
航空母艦來了
「這一切
都是為了和平」

飄揚的
星條旗，卻
忍不住
笑出聲來

二〇一二年菲律濱《詩之葉》

山　溪

不流向
龜裂的土地
也不流向
炎熱的沙漠

正義
那奔騰的溪水
向前流
流向江河
流向大海

二〇一二年菲律濱《辛墾》

線　香

啊！
我聽清楚了

菩薩之前
那一柱線香
以輕煙
唸誦的
是

大悲咒

慈悲淚

眾生痛苦
動植物痛苦
佛陀
也如此

不然
祂　怎會藉著我的眼睛
悄然流下
慈悲淚

殿　堂

詩人
多想住進
歷史那不朽的
殿堂

我的詩
好壞落差很大
是以
沒有奢想

嘿
倘若殿堂自己找上門
那是
它的事

墮　落

轟隆轟隆
大瀑布
以撼天動地的
聲勢
引人發出
驚嘆
心中暗喜

竟
沒人發現它
在墮落

熄燈獨坐

熄燈獨坐
把人世間的噪音
全關在
門外

滿室的靜
卻說：
聽哪
轟隆隆的
炮聲

二〇一二年菲律濱《世界日報》

黎　明

聽見
陽台上綻放的
艷紅的
花朵
喃喃自語

喃喃自語：
啊！
我照亮了大地

二〇一二年菲律濱《耕園》

學　校

愛　穿在身上
不是太窄
就是太寬

母親啊
請好好度量
剪裁
讓孩子們
穿起來
合身
又舒服

即　景

一大早
煙囪便在那裏
說
髒話

難怪天空
一臉
陰霾

也難怪雲朵
紛紛躍入海中
洗
耳朵

二〇一三年台灣《葡萄園》

書
——讀周粲的詩《墓碑》有感

一塊墓碑
一本書

不同的內容
一樣的悲
劇

二○一二年菲律濱《詩之葉》

燙

小孫子喝湯時
大叫：
燙　燙　燙

哦！
那些
往肚子裏吞的淚
不知
比這湯
滾燙百倍
還是
千倍

五行詩

詩是
陽光的種子
或會長出
萬丈

光芒

二〇一二年菲律濱《世界日報》

擦

擦擦擦
擦擦擦

擦掉貪污
擦掉腐敗
擦掉飢餓
擦掉貧窮
擦掉紛爭
擦掉戰亂

哪位總統啊
一塊
橡皮

影　子

究竟
是影子跟著我
還是我
跟著影子？

我與影子
一輩子相隨
好在
這影子
不是煩惱
而是

詩

塔亞湖

湖
穿著一襲艷麗的
雲霞
猶如心
穿著
愛

二〇一三年菲律濱《辛墾》

蟲豸喋喋

躺在草地上
聽
蟲豸喋喋
聽
它們談論月圓月缺
的事：

其實
月亮是在說法
它一渾圓
便逐漸殘缺
殘缺過後
就一天比一天渾圓了

二〇一二年菲律濱《世界日報》

積　木

一塊疊一塊
聲譽跟積木一樣
愈疊
愈高

輕輕
一推
便轟的一聲
崩塌了
啊驚慌失措的積木
滿地
哀叫

二〇一二年菲律濱《世界日報》

學費高漲

　　颱風季節
　　街道
　　又漲水了
　　行人稀稀落落

　　　　　　　　　　二〇一三年菲律濱《辛墾》

爭　辯

海裏的魚蝦
都在爭辯

不是為了正義
那麼你說
引來美國戰艦的
是一棵草
還是一朵花

還是
隱藏在大自然懷抱裏
的
什麼
東西？

二〇一二年菲律濱《詩之葉》

回歸
──美國高調宣布「重返亞太」有感

抬頭
赫然是「歡迎歸來」
的布條

啊！
和平
人道
民主
以及正義
又將乘著子彈和炮彈
回來了

二〇一二年菲律濱《詩之葉》

雨夜十一行

轟隆轟隆

你

不是被雷聲驚醒

驚醒你的

是

耳邊

似有似無

那火箭掠空的聲音

劇烈的槍聲

以及大街小巷

淒楚的叫聲

一尾詩

月光
冰冷的汪洋
可以讓你駕一葉
思維
盪過去
在海中垂釣
啊，竟釣起
一尾
活蹦亂跳的

詩

懷　念

懷念
又飛來窗前
啁啾

啁啾了
一整個早上
這鳥聲
該有九寸厚吧

路　燈

堅持
放射微弱的
光

在涼夜中
路燈
終於苦候到東昇的旭日
才悄然
入睡

鈴　語

年輕時
總在雨天
聽見窗前那風鈴
不停地
訴苦

年紀大了
才聽清楚
風鈴，說的是
「太陽
快出來了」

二〇一三年台灣《葡萄園》

稿　紙

這張又輕又薄
的稿紙
什麼都能承載

縱使憂思
是
千斤重
萬斤重
千萬斤重
如一座高聳的山

二〇一二年菲律濱《世界日報》

菌

終有一天
要讓你發燒
要讓你心悸
要讓你眼中含淚
要讓你一再地
受到
刺激

啊　詩千首
散布全世界的
菌

二〇一二年菲律濱《詩之葉》

觀　照

視茫茫
妳說
幾乎看不見
陽台上的
花朵了

視茫茫
詩人，連花蕊
也看得
一清
二楚

二〇一三年菲律濱《詩之葉》

劇　本

我們是
時空書頁裏的
宋體字

一世
一頁
讓一對眼睛
細讀著

誰是讀者？
讀者是誰？

二〇一三年菲律濱《辛墾》

千堆雪

又想捲起千堆雪

一舉

把海灘上的

沙

全捲入水中

讓它們

永遠

消失

人間的悲苦

一粒粒

細

沙

二○一三年菲律濱《詩之葉》

漂亮的衣裳

和氣

親切

慈祥

同情

任由你挑選

今天，想穿什麼

就穿什麼吧

體內的衣櫃

懸掛著

各款各樣

不同顏色

漂亮的

衣裳

二〇一二年菲律濱《世界日報》

淅瀝淅瀝

一盞孤燈
聚精會神地
聽
窗外夜雨講述著
片片
嫣紅的落花
化做春泥
的故事

二〇一二年菲律濱《詩之葉》

所謂一生

忙碌於大樹的枝頭

蜘蛛

不停地

織網

想網住那顆

明亮的

月

二○一二年菲律濱《耕園》

陽　光

陽光
照耀了黑暗的角落
照耀了綠水青山
照耀了美麗的庭園
照耀了幸福的
臉

惟
不照耀
貧民窟的門窗
不照耀
飢腸轆轆者
的夢

二〇一二年菲律濱《世界日報》

傳　染

這世界
還會有殺戮嗎？

假如
我被感染了
你被感染了
他被感染了
全天下的人都被
感染了
啊──
菌般滋長的

愛

得詩一首

哈！
又得詩一首
妻說：
能當飯吃嗎？

能當飯吃嗎？
問月亮
它滿臉尷尬
啊月亮
也在寫詩
以柔和的
光
寫在山川河流上

二〇一二年《香港文學》

想　詩

詩是
飛掠而過的
鴿子

想
是敞開的
空鳥籠

二〇一三年菲律濱《詩之葉》

冰

看盡了悲歡離合

詩人的
心
已凝成
冰

冰呀冰
卻在流淚不停

感　染

沒有用
即使戴上厚厚的
口罩
也防止不了
比惡菌
更強的

憂鬱

二〇一二年菲律濱《耕園》

煎　藥

喝中藥
不苦

最苦的是
喝
回憶
喝
爸爸的沉默
媽媽的無語

二〇一二年菲律濱《世界日報》

詩　花

晨曦中
微風
搖曳著
朵朵潔白的
小詩

孤獨這塊肥沃的園地
我天天
用寂寞
灌
溉

二〇一二年菲律濱《詩之葉》

裝

妻說：
快樂的往事
已成灰

指著心
我大笑：
香爐
裝著呢

刻　字

妳細聲的叮嚀
是一支
小刀
在我這棵樹上刻字

今已成老樹了
那些字
猶在

粉晶觀音

愁眉苦臉
一抬頭
卻瞥見
菩薩的臉上
有一抹
淡淡的笑

望著望著
我的嘴邊
也有了
一朵
微
笑

二〇一三年菲律濱《世界日報》

相　簿

晚飯後
坐在搖椅上
我對她說
「時光
一點一滴流失了」

微笑著
妻，悠閒地
翻開相簿
「哪有流失
全在這裏啦」

二〇一三年菲律濱《辛墾》

詩　人

抄落日
抄歸鳥
抄晚霞
抄朦朧的月

柳樹
笑彎了腰：
池塘
算不算詩人呀？

登王城

笑著
我問古砲：
戰爭
結束了嗎？

不作聲
鏽跡斑斑的
古砲
斜斜指著
染血的
遠天

二〇一三年菲律濱《詩之葉》

看　著

一座城
被野心
繁榮了

一座城
被野心
廢墟了

風鈴族

代代
困守於
屋簷下
你們這些叮叮噹噹
不斷訴苦
的風鈴
何時
能安定下來

沒有答案
但聞一陣颯颯的
風聲

二〇一二年《香港文學》

催眠曲

日子
這一塊破舊的抹布
把委屈
還有那些苦痛
都抹掉了

卻抹不掉
童年
媽媽琉璃般的
催眠曲
竟
愈抹
愈亮

書　房

一入門
即聞到淡淡的
幽香

呀！
滿桌的月光
已沾染
詩的
味道

二〇一三年菲律濱《詩之葉》

我忍不住大笑

我是艷紅的太陽
忍不住想要照亮天宇
不相信黑黯不能驅逐，雖然
住在畫中，似乎有心無力
大不了再照它千年
笑傲萬物

二〇一三年菲律濱《耕園》

附錄　和和權隱題詩

一樂

我是艷紅的太陽
忍豪情於雲霧
不讓鋒芒盡現
住在畫中，與松林
大山谷，溪流一起
笑出天地間的和諧

二〇一三年菲律濱《耕園》

第四輯　震落月色

舊　鞋

舊鞋
咧嘴而
笑：
崎嶇
怕了
我

出廠時
便準備登山
涉水
它最清楚

我不屑於平坦的
爽
它最清楚

震落月色

震落了，鏡中滿頭慘白
的月色
我大笑⋯⋯

我大笑
目睹天災之後我還能的話

湖心
——贈姜華、胥澤慧

來來往往
漁舟
只在水面上劃出
一條線
又迅速恢復
平靜了

恢復平靜
這湖心
依然鏡著
青山
綠樹
藍天
白雲

註：姜華賢伉儷，愛好大自然，真誠豪爽，講義氣，皆性情中人也。

八色小籠包

掀開蓋子

觸目是

黑　　白

紅　　黃

橙　　綠

灰　　赤

原來各民族

可以這樣

熱騰騰

和和平平地

相

處

詩外：星洲某餐廳以「八色小籠包」聞名。

竹筒

竹筒是一片肥沃的
土地
不種野心
不種慾望
僅以善心為
種子

或會
長出蔭人的
大樹

政　壇

霧霾
籠罩了
大小城市

唉！
範圍廣
時間長
濃度高

何時啊何時
真能去除
重污染

浮

不再清澈了
岷海灣
水面上浮著油污
浮著
垃圾

今夜
飲罷歸來
在微醉的椰樹下
驚見
人海中
也浮著一些

東西

懷友（之一）

筆是
架在稿紙上的
望遠鏡
窺見
你在星空外
的家裏
獨
酌

懷友（之二）

從夢的郵箱
撿獲
寄自天外天的
信

筆力
依然勁健
卻只有
兩個字：

平安

詩外：很想念好友雲鶴，故有「懷友」詩。

旭　日

躍出山頭
金光燦爛的夢
是真的

拖在背後黑色的現實
也是

潮起潮落

露出
水面
嶙峋的岩石
在夕照中
望著急速消退
的海潮

心想
潮起也好
潮落也好
我什麼都沒看見

萬家燈火

一隻隻
明亮的眼睛
仰望
夜空

機上的乘客啊
請想一想
能為它們帶來什麼？

風　問

悲傷的秋風
問：
是誰枯涸了江河？
是誰光禿了幽谷？

雁群
在空中排一個大
字：

人

生　日

女兒說：
生日快到了
爸爸喜歡什麼？

哈！
喜歡吃麵
很想天天見
麵

夫　妻

如不相融
化成一片
如何成
詩？

啊啊
妳是意　他是象
他是情　妳是景

二〇一三年台灣《葡萄園詩刊》

雨濛濛

又開始垂淚了

啊我知道
花　憂慮著
　　擔心著
嫩枝上
的蓓蕾

八 哥

「你很醜！」
八哥
一大早就在對面陽台上
嚷嚷

哈！
天下所有的禽獸
都該有
一面鏡
讓自己
照照

亮　光

眼前一片黑暗
盲人
以
優美的
歌
看見

亮光

石　碑

傷痕斑斑
石碑上
是篡改的歷史

時間
那巨人
推翻了唐
推翻了宋
推翻了元
推翻了明
推翻了清
卻推翻不了石碑上
捏造的事實

二〇一二年《香港文學》

狂　風

歲月
一陣狂風
沙沙沙──
吹掉了童年
吹掉了青春
吹掉了旖旎的
夢

唯
吹不掉，貪腐
一場比一場猛烈
的戰火

也吹不掉
飢餓

照著你

人間
天上
照著妳
今生
來世
照著妳

啊，愛
那一輪明潔的
月亮
照著妳
照著妳

好聽的歌

電視上
歌唱比賽
劇烈地進行

關了電視
聽見
嬰兒的哭聲
媽媽的搖籃曲
啊！
全世界有比這更好聽的
歌？

動物園

老虎　張牙舞爪
豹子　撲向血淋淋的食物
青蛇　沿著枝椏上爬
猴子　吱吱叫，作勢咬人

我在人群中思索
何以
獸類的行為
都似曾見
過

詩外：遊星洲動物園，心有戚戚焉。

悼雲鶴

沒有互道再見
您
走得太匆忙
連一枝筆
一張紙
一塊閃亮的獎牌
都不帶去

卻留下
堅毅的笑容
崇高的榮譽
還有無盡的思念
在那麼多
哀痛者
的心中

二〇一三年菲律濱《詩之葉》

懷雲鶴

你
已逍遙於天外天
我無聲地嘶喊──
難道
只留我一人在此
獨步

思念
是負在身上的
背包
好重好重

水　災

四架車子
全泡在水中

我的心臟
抽著筋
當我閉起眼睛
瞧見那麼多
泡在水中
無家可歸的
菲人

旅　途

妻
突然問道：
伊甸園
在哪裏？

我指給她看：
唔！
不就在車窗外
一縷炊煙
升起的
地方

兩　題

A. 炊煙與硝煙

炊煙是裊裊上升的
硝煙是裊裊上升的

是硝煙變成炊煙
抑是炊煙化成硝煙？

B. 爆竹與槍炮

槍炮是震耳的
爆竹是震耳的

是槍炮變成爆竹
抑是爆竹響成槍炮？

怕

指著架上
女巫的
面具
小孫子怯怯地
說：
怕怕

每次
看到那些
戴忠厚
戴老實
戴斯文
戴廉恥
戴義氣
戴各式各樣面具的
人
我總是一邊笑

一邊
拍著胸口：
怕怕

葉想（之二）

一提到秋天
綠葉
心裏就有點怕

為什麼
只發明
子彈　炸彈
導彈　核彈
而不發明
對付秋天的
武器

腳　印

把詩
寫成了腳步
深深印在人世間的
許多
角落

哈！
這些腳印
任時間老人
怎麼撿
也撿不回來

再見・彩虹

對著
機窗外
又圓又美
一圈艷麗的彩虹
說
再見了
再見了

是否再見
這架飛行中
的客機
還有白雲
藍天
都知道

赴　宴

多年不見的老同學
說：
你看
有錢
就有愛情
就有幸福

抬起頭
大酒店裏
那張油畫中
餵奶的母親
的嘴角
竟
撇了一撇

車

大城市的車
有點急躁
脾氣也不好

一開口
不是催人快點快點
就是發出
穢言
污語

總是想
什麼時候
會見到它們
友善地
打招呼
或者互道一聲
早安

夜深沉

靜靜
等待
在半睡半醒中
等來了一陣急促的
叩門聲

打開門
啊！竟然不是往事
而是

詩！

奸　商

連鈔票都嫌自己
髒

反而是你們
愈數愈開心
根本
不介意

紅著臉睡去

喝多了
夕陽
紅著臉睡去

對海上
炮聲隆隆的
軍演
對導彈升空
對中非乾旱不雨
對兒子在母親面前
活活餓死的情景
渾然
不知

機　場

升起了　離緒
降落了　歸心
升升降降的飛機聽得見
啜泣
聽得見歡笑
（那一抹晚霞也聽得見）

機場只是平靜的
湖
它不激動
也不興波

波浪大了又有何用？

影印機

露出驕態
影印機
說：
不管什麼文件
什麼意思
我都能複製

電風扇
輕輕搖頭
親情
可以嗎？

井

詩集是一口長著青苔的
古井
燈下的讀者
是一根垂下的繩子
汲起一桶
又一桶
鹹的

淚

偽　詩

什麼都不是
暮雲
寫的是
亂七八糟
一大堆

起伏的海浪
大聲說：
看了千百篇
還是
看不懂

入晚・岷海灣

坐在堤岸上
我聆聽
海的
低語

「擦了千萬年
雲朵
還是擦不掉滿天的
淚」

自　剖

牧師說：
天下最美的心
是
紅色的

詩人
舉刀
剖開胸膛
讓全世界看清楚──
美麗的心
也可以
黑白
分明

烈士碑

一踏進墓園
即聞到淡淡的
香味

聞了半天
咦！
竟是石碑上那一排
銀勾鐵劃的
名字
散發的

馨香

指南針

一陣亂搖
或者
轉圈圈
也無用

這顆心
永永遠遠地
向著

妳

椰　子

碰的一聲
椰子
從樹上掉了下來

雲朵說：
它
不堪負荷
滿腹的

煩憂

戰　鼓

喊殺聲
都已止息了

日月
一對鼓槌仍在胸口
用力地
敲打

還在嗎？

窗
還在

很久很久以前
經過妳的家
從那扇開著的窗
口
悄悄
放進去的
思念

還在嗎？

即使只有一瞬

不要緩緩地流
不要平平順順地流
要驚濤
要駭浪
要急急向前
衝
要摔在擋路的岩石上
要碎成千萬朵
美麗的
水花
即使只有一瞬

戰　爭

打了一場慘烈的戰爭
將軍
贏得一枚
勳章

我只贏得
詩
千首

深

小心
泅游
慎防水底的暗潮

有人流失於很深很深的
靜

銀　行

坐在那裏
老丐
每天呆望著
衣服光鮮的人
走進去

走進去
存入
一疊疊

溫飽

激起水花

日子啊
清澈的小溪
靜靜地流

總要激起一些美麗的
水花吧

啊我的詩
那許許多多的
岩石

好吃的麵

什麼樣的麵
都吃過了
全不如
唸ABC的時候
媽媽用笑容
為我煮的
生日麵

美味的湯麵裏
滿是
愛

枸杞子

（醫書有載：枸杞明目）

吃了多年
眼睛
又明又亮
連報上小小的
字
也看得清楚

只是
看來看去
仍然看不清
一個個疼愛小老百姓
的
大官員的
面貌

鏡中人

不能
改變你的
形貌

只能
每天一大早
讓你嘴角掛著
謙卑的微笑
只能
讓你一整天露出
燦爛的
笑容

也好!

媽媽的叮嚀

叮嚀
那緩緩流動的
古河
從童年
流到今日

每一天
都浸透著
溺
愛

百年後

百年後
什麼地方也不去
只想
隱身於
圖書館裏

千年後
依然歡迎三兩知友
登門
談
詩

今 夜

颱風這名惡匪
又奪走了
數百條人命
活下來的
仍在雨中
飢餓地
抽搐
顫動

當我們
在裝飾鮮花的
豪華婚宴中
在點點星光的
天花板下
在歡欣的歌聲裏
頻頻
舉杯

手 機

當你
眼中閃爍著
思念
或許他會撥通手機
從中遞出
一條
毛巾
讓妳輕輕地
拭掉
滿臉的
傷悲

陰陽
兩隔
那又怎樣

洗

各種紛爭的
噪音　糾結成
耳垢

快找一本好詩
來讀吧
讓詩這潺潺的清泉
洗淨
耳根

果　實

貓頭鷹說：
這棵樹結不出什麼
果

樹
沙沙地笑：
有人
就是看不見
掛在枝梢的
月亮

菸

你中有我
我中有你

仇恨是
一根點燃的
菸

靜 坐

身外是
狂風
暴雨

卻守住內心
晴空中
浮雲的
悠閒
一大片茵茵綠草
遼闊的
寧謐

話

有人快步走往
快樂
也有人
三腳兩步
走往
悲傷

話呀
那一條雙向的
路

細　雨

誠心
唸經
綿綿的細雨啊

淋著　淋著
或會把眼耳鼻舌身意
都滌淨

葉子與浪花

在風中
葉子
想說什麼
就說什麼

在海中
浪花
想說什麼
就說什麼

啊──
幸福的葉子
幸福的浪花

球

又圓
又滑
跳得高
彈得遠

爆了！
肚子洩出的
唯
空氣

飛飛飛

穿越了時空
那首詩　是鳥
那隻鳥　是詩
至今
仍然在飛

仍然在飛
我是鳥
我是詩

十一行

午寢也好
夜裏入眠也好
皆被疲累
化成的
一場場惡夢
攪擾

惟
此心
無我
一任惡夢
去驚嚇
它自己

滿　月

逐漸變形
一天不如一天
光明

啊青春
那一輪高掛的
滿月

光　碟

柔情
蜜意
全藏在心頭

什麼時候
你願意聆聽
我就將美的音響
毫無保留地
奉獻

讀 畫

線條　亦奇亦古
筆墨　又怪又拙
而畫中
流露出詩人的
骨力
與狂狷之氣

讀懂畫意時
是否
有人感到
羞愧？

丟

丟了鑽戒
妻，整天悶悶
不樂

眨著眼我說：
算了
人生哪有不丟東西的
這一路
不是已丟了童年
丟了青春
丟了雄心
丟了壯志

嘻！
唯一不能丟
也丟不了的是
情啊
愛啊

長與厚

不在意
生命
這一首詩
的
長度

只在意
詩的
厚度

古　船

青春是
滿載著
金銀珠寶
馳騁於浩瀚大海的
船

啊！
船已沉沒
如想搜尋它的
殘骸
請潛入記憶千丈的
神秘的海底
你
或將發現
存留的
珍寶

雜　草

雜草
叢生

斬也無用
還是痛下決心
除根吧
除根吧

身語意
這一片野地
滋生出一望無際的
貪之草
瞋之草
痴之草

喜　歡

喜歡
清潔的辦公廳
喜歡
光潔的桌面

也喜歡
不乾淨的
紙
幣

官啊官

銀　河

在浩瀚的宇宙中
那一條
長長的銀河
是
一把尺

啊，這長尺
能不能量出人間的
煩憂

好 詩

月亮

這句詩有點朦朧

卻也能

體會其深意

星星

閃亮的詩句

引人遐思

一大早

露珠，便在草葉上

暗示著什麼

陽光

溫暖的詩句

令雀鳥歡跳

青山

把崇高的意境

寫入湖中

我讀了
又讀
啊！這上帝的詩
意無窮

舞　步

荒廢的庭園
鏽化的門環
蒙塵的桌面
還有，散落一地的
書籍

你看到的
無不是
時間
踏出的舞步

露　珠

閱盡人間的生離死別
夜
偷偷地
哭泣

看！
草葉上
留下那麼多晶瑩的
淚

溪

詩
一條清澈的溪流

朋友
一躍而下吧
洗掉一身的疲累
洗掉煩憂
洗掉
不愉快的
回憶

說不定也會洗掉
心中的
慾
望

修　改

改了又改
改了數十年

人生啊
這首詩終於
可以
定稿了

奈　何

勞累與緊張
都放
年假了

悲憫與同情
卻堅決
拒絕
放假

放學啦

不是裝聾
就是作啞

年紀大了
什麼也不想聽
什麼也不想說
唯一
例外的是
還想聽
童年入學時媽媽的叮嚀
還想大聲說：
媽！
我放學啦

細　沙

古今
中外
都有人自比紅
太陽

太陽
卻很低調
它知道自己
只是
宇宙中的
一粒細
沙

璀　璨

秘藏著花香
秘藏著蜂啊蝶啊
秘藏著整個春天的
璀璨

詩啊
毫不起眼的
種子

種　子

發了芽
就有照亮黑暗的
希望

埋在你心中的
是

光

銳利的眼睛

日月這一對銳利的
眼睛
看清了
含笑的遠山
歌唱的江河

惟
至今依然看不清
地球
是天堂
是地獄

橫　眉

他們說：
「你的詩，有很多
淚，也有
很多笑。看似平白，
其實
難懂。」

我往太陽下一站
心想　管他
懂不懂
這一撇影子
是

橫眉

和權寫作年表

一九六〇年代　加入辛墾文藝社。努力於寫作及推動菲華詩運。

一九八〇年　　詩作入選「中國情詩選」，常恩主編，青山出版社
　　　　　　　印行。

一九八五年　　與林泉、月曲了、謝馨、吳天霽、珮瓊、陳默、蔡
　　　　　　　銘、白凌、王勇創立「千島詩社」。與林泉、月曲了
　　　　　　　掌編《千島詩刊》第一期至廿六期（共編二年半。
　　　　　　　不設「社長」位。和權負責組稿、審稿、撰寫「詩
　　　　　　　訊」、校對，以及對台、港、中、星、馬、美、加等
　　　　　　　地之詩刊的交流）。

一九八六年　　擔任辛墾文藝社社長兼主編。

一九八六年　　榮獲菲律濱王國棟文藝基金會「新詩獎」。評審委
　　　　　　　員：向明、辛鬱、趙天儀。

一九八六年　　出版詩集《橘子的話》，非馬、向明、蕭蕭作序，台
　　　　　　　灣林白出版社刊行。

一九八六年　　為菲華詩選《玫瑰與坦克》組稿，並撰〈菲華詩壇現
　　　　　　　況〉。張香華主編，林白出版社刊行。

一九八六年　　詩作《桔仔的話》，收入台灣爾雅版向陽主編的
　　　　　　　《七十五年詩選》一書。張默評語：結構單純，引喻
　　　　　　　明確，文字淺顯，但是卻道出了海外華僑共同普遍的
　　　　　　　心聲。

一九八六年　　應邀擔任學群青年詩文獎評審委員。

一九八七年　　英文版《亞洲週刊》（Asia Week），介紹和權的
　　　　　　　《橘子的話》，並附和權照片。

一九八七年　加入台灣「創世紀詩社」。

一九八七年　脫離「千島詩社」。與林泉、一樂等創立「菲華現代詩研究會」。主編研究會《萬象詩刊》廿年（每月借聯合日報刊出整版詩創作、詩評論等。從不停刊）。

一九八七年　《橘子的話》詩集榮獲台灣華僑救國聯合總會華文著述獎「新詩首獎」，除頒獎章獎金外，並頒獎狀。評語：寫出華僑的心聲及對祖國與先人的懷念，清新簡潔感人至深。

一九八七年　詩作〈拍照〉收入《小詩選讀》，張默編，台灣爾雅出版社出版。張默說：「和權善於經營小詩。『拍照』一詩語句短小而厚實，敘事清晰而俐落……其中滿布以退為進，亦虛亦實，似真似假的情境……有人以『自然美、純淨美、精短美、親切美、暢曉美』（姚學禮語）來稱許他，亦頗貼切。」

一九八七年　台灣《時報週刊》七六九期，刊出和權撰寫的〈獨行的旅人〉（作家談自己的書。我寫「你是否撫觸到衣襟上被親吻的痕跡」），並附和權照片。

一九八八年　與林泉、李怡樂（一樂）合著詩評集《論析現代詩》，香港銀河出版社刊行。同時編選「萬象詩選」。

一九八九年　二度蟬聯菲律濱王國棟文藝基金會「新詩獎」。評審委員：蓉子等。

一九八九年　獲菲華兒童文學研究會、林謝淑英文藝基金會童詩獎。

一九九〇年　大陸知名詩人柳易冰主編的詩選集《鄉愁──台灣與海外華人抒情詩選》（河北人民出版社），收入和權的詩〈紹興酒〉，又在大陸著名的《詩歌報》他所主持的欄目「詩帆高掛──海外華人抒情詩選萃」中介紹和權的生平與作品。

一九九一年　詩集《你是否撫觸到衣襟上被親吻的痕跡》出版，羅門作序，華曄出版社。

一九九一年　榮獲台灣僑務委員會獎狀。評語：華僑作家陳和權先生文采斐然，所作詩集反映時事對宣揚中華文化促進中菲文化交流貢獻良多特頒此狀以資表揚。並頒獎金。

一九九一年　詩評論〈迷人的光輝〉及〈試論羅門的週末旅途事件〉二篇，收入《門羅天下》（當代名家論羅門）一書，文史哲出版社。

一九九一年　小品文〈羅敏哥哥〉，收入台灣中國時報「人間副刊」溫馨專欄精選暢銷書《愛的小故事》，焦桐主編，時報文化出版社。

一九九一年　獲中國全國新詩大賽「寶雞詩獎」。

一九九二年　詩集《落日藥丸》出版，菲律濱現代詩研究會出版發行，列入「萬象叢書之四」。

一九九二年　大陸著名詩評家李元洛評論文章〈千島之國的桔香——菲華詩人和權作品欣賞〉，收入李元洛著作《寫給繆斯的情書》，北岳文藝社出版發行。

一九九二年　詩作〈落日藥丸〉，選入香港《奇詩怪傳》，張詩劍主編，香港文學報社出版。

一九九二年　《落日藥丸》詩集，榮獲台灣「中興文藝獎」，除頒第十六屆中興文藝獎章（新詩獎）壹枚外，並頒獎金。

一九九三年　台灣文藝之窗「詩的小語」（張香華主持）於七月四日警察廣播電台介紹和權生平，並播出和權的詩多首：〈鞋〉、〈拍照〉、〈鈔票〉、〈我的女兒〉、〈彩筆與詩集〉。

一九九三年　榮獲菲律濱中正學院校友會「優秀校友獎」。

一九九三年　台灣《文訊》月刊，刊出女詩人張香華的文章〈珍禽——認識七年來的和權〉，並附和權照片。

一九九三年	童詩〈瀑布〉、〈我變成了一隻小貓〉、〈不公平的媽媽〉、〈螢火蟲〉四首，收入「世界華文兒童文學」（World Children Literature in Chinese）。中國太原，希望出版社刊行。
一九九三年	詩作〈潮濕的鐘聲〉，榮獲台灣「新陸小詩獎」。作家柏楊先生代為領獎。
一九九四年	詩作入選台灣《中國詩歌選》。
一九九四年	詩作多首入選南斯拉夫版《中國當代詩選》，張香華編。
一九九五年	詩作〈桔仔的話〉，選入《新詩三百首》（一九一七～一九九五。集海內外新詩人二二四家，三三六首詩作於一書。大學現代詩課堂上採作教材）。張默、蕭蕭編，九歌出版社刊行。
一九九五年	於聯合日報以筆名「禾木」撰寫專欄「海闊天空」至今。
一九九五年	二度榮獲菲律濱中正學院校友會「優秀校友獎」。
一九九五年	詩作多首入選羅馬尼亞版《中國當代詩選》，張香華編。
一九九五年	大陸評論家陳賢茂、吳奕錡撰寫〈談和權〉，收入評述菲華文學的史書。
一九九六年	台灣《時報週刊》九五九期，大篇幅刊出和權的詩〈除夕・煙花──給妻〉（選自詩集《落日藥丸》），附謝岳勳之彩色攝影，及模特兒蔡美優之演出。
一九九六年	應邀擔任菲華兒童文學學會主辦第一屆菲華兒童作文比賽評審委員。獲贈感謝狀。
一九九七年	台灣《時報週刊》九八五期，大篇幅刊出和權的詩《印泥》，附黃建昌之彩色攝影，及影星何如芸之演出。

一九九七年　　五四文藝節文總於自由大廈舉辦慶祝晚會，多名女作家朗誦和權長詩〈狼毫今何在〉（朗誦者：黃珍玲、小華、范鳴英、九華等人）。

一九九七～一九九九年　應邀擔任菲律濱僑中學院總分校中小學生作文比賽之評審委員。獲贈感謝狀。

二○○○年　　《和權文集》出版，雲鶴主編，中國鷺江出版社出版發行。附錄邵德懷、李元洛、劉華、姚學禮、林泉、吳新宇、周粲評論文章。

二○○○～二○○一年　再度應邀擔任菲律濱僑中學院總分校學生作文比賽之評審委員。獲贈感謝狀。

二○○六年　　詩作〈葉子〉，收入台灣《情趣小詩選》，向明主編，聯經出版社刊行。

二○○八年　　大陸評論家汪義生撰寫〈華夏文脈的尋根者——和權和他的「橘子的話」〉，收入他的評論集《走出王彬街》。

二○一○年　　創世紀詩雜誌第一六二期，刊出和權的詩創作〈從「象牙」到「掌中日月」十首〉，並刊出二○○九年十二月廿九日，攜一對子女訪台時，與創世紀老友多人在台北三軍軍官俱樂部雅集之照片。

二○一○年　　台灣《文訊》月刊二九二期，刊出和權於二○○九年十二月三十一日，與多位創世紀詩社同仁拜訪文訊雜誌社（封德屏總編輯親自接待。大家一同參訪文訊資料中心書庫，並在現場留影）之照片。該期介紹和權生平及作品。

二○一○年　　台灣《文訊》月刊二九四期，刊出和權詩兩首〈砲彈與嘴巴〉及〈集郵〉。附彩色攝影照片，十分精美。

二○一○年　　於聯合日報社會版「海闊天空」闢「詩之葉」，致力提昇詩量詩質，影響社會風氣。

二〇一〇年　　台灣《文訊》月刊二九七期再度刊出和權的詩二首〈咖啡〉與〈黑咖啡〉。附彩色攝影照片，至為精美。

二〇一〇年　　詩集《我忍不住大笑》出版，楊宗翰主編，台灣秀威文化公司刊行（列入「菲律濱‧華文風」叢書之十）。

二〇一〇年　　《和權詩文集》出版，陳瓊華主編，菲律濱王國棟文藝基金會刊行（列入叢書之十）。

二〇一〇年　　九月，詩作〈熱水瓶〉收錄南一書局出版之中學國文輔助教材《基測綜合題本》。

二〇一〇年　　詩集《隱約的鳥聲》出版，楊宗翰主編，台灣秀威資訊刊行（列入「菲律濱‧華文風」叢書之十九）。該書剛出版，國立台灣大學圖書館即購一冊。記錄號碼：B 3723139。

二〇一〇年　　〈獨飲〉一詩刊於《文訊》。附彩色攝影照片，很是精美。

二〇一一年　　詩作多首譯成韓文，刊於韓國重量級詩刊。

二〇一一年　　詩二首〈筵席上〉與〈礁〉，收入蕭蕭主編之「二〇一〇年台灣詩選」，亦即《年度詩選》一書。

二〇一一年　　詩作〈橘子的話〉收入《漢語新詩鑒賞》（傅天虹主編）。

二〇一一年　　〈大地震之後〉一詩刊《文訊》。附彩色攝影照片，極為精美。

二〇一一年　　詩作〈鐘〉又被台灣康熹文化（專門製作教科書、參考書的出版社）選入教材，亦即用於《高分策略——國文》。

二〇一一年　　中、英、菲三語詩集《眼中的燈》出版，菲律濱華裔青年聯合會刊行。

二〇一二年　　詩集《回音是詩》出版，楊宗翰主編，台灣秀威資訊刊行（列入「菲律濱‧華文風」叢書之廿一）。

二〇一二年　獲菲律濱作家聯盟（UMPIL）頒詩聖描轆沓斯文學獎GAWAD PAMBANSANG ALAGAD NI BALAGTAS，該獎為菲國最高文學獎，亦為「終身成就獎」。

二〇一二年　三語詩集《眼中的燈》之菲譯版（由施華謹先生翻譯），在年度甄選的最佳國家圖書獎（National Book Awards）中入圍，該獎是菲國榮譽最高的圖書獎每年被提名的由各主要出版社出版的優秀書籍多達幾百本，能夠入圍的卻僅有數本。

二〇一二年　三語詩集《眼中的燈》除在菲國兩家主要書店National Book Store和Power Books，上架出售外，也在菲國數間大學被當作翻譯課本使用。

二〇一二年　詩評集《華文現代詩鑑賞》（與林泉、李怡樂合著）出版，台灣秀威資訊科技股份有限公司製作發行，列入新銳文叢之十九。

二〇一二年　受聘為菲律濱「第一屆亞洲華文青年文藝營」之顧問。

二〇一三年　馬尼拉計順市華校，擇取和權詩作〈殘障三題〉等，訓練學生朗讀。

二〇一三年　二月十六日，華校學生在此間愛心基金會朗讀和權的作品〈樹根與鮮鮑〉、〈和平之城〉、〈殘障三題〉。

二〇一三年　台灣某校高二課程有現代詩，侯建州老師把和權的作品拿出來分享討論。

秀詩人01　PG1123

震落月色
——和權詩集

作　　者/和　權
責任編輯/黃姣潔
圖文排版/詹凱倫
封面設計/陳佩蓉

發 行 人/宋政坤
法律顧問/毛國樑　律師
出版發行/秀威資訊科技股份有限公司
　　　　114台北市內湖區瑞光路76巷65號1樓
　　　　電話：+886-2-2796-3638　傳真：+886-2-2796-1377
　　　　http://www.showwe.com.tw
劃撥帳號/19563868　戶名：秀威資訊科技股份有限公司
　　　　讀者服務信箱：service@showwe.com.tw
展售門市/國家書店（松江門市）
　　　　104台北市中山區松江路209號1樓
　　　　電話：+886-2-2518-0207　傳真：+886-2-2518-0778
網路訂購/秀威網路書店：http://www.bodbooks.com.tw
　　　　國家網路書店：http://www.govbooks.com.tw

2014年1月　BOD一版
定價：330元
版權所有　翻印必究
本書如有缺頁、破損或裝訂錯誤，請寄回更換

國家圖書館出版品預行編目

震落月色 : 和權詩集 / 和權著. -- 一版. -- 臺北市 : 秀
威資訊科技, 2014. 01
    面 ； 公分. -- (語言文學類 ; PG1123)
BOD版
ISBN 978-986-326-218-3 (平裝)

868.651   102027758

讀者回函卡

感謝您購買本書,為提升服務品質,請填妥以下資料,將讀者回函卡直接寄回或傳真本公司,收到您的寶貴意見後,我們會收藏記錄及檢討,謝謝!
如您需要了解本公司最新出版書目、購書優惠或企劃活動,歡迎您上網查詢或下載相關資料:http:// www.showwe.com.tw

您購買的書名:_____

出生日期:_____年_____月_____日

學歷:□高中 (含) 以下　　□大專　　□研究所 (含) 以上

職業:□製造業　□金融業　□資訊業　□軍警　□傳播業　□自由業
　　　□服務業　□公務員　□教職　　□學生　□家管　□其它____

購書地點:□網路書店　□實體書店　□書展　□郵購　□贈閱　□其他

您從何得知本書的消息?

　　□網路書店　□實體書店　□網路搜尋　□電子報　□書訊　□雜誌

　　□傳播媒體　□親友推薦　□網站推薦　□部落格　□其他_____

您對本書的評價:(請填代號　1.非常滿意　2.滿意　3.尚可　4.再改進)

　　封面設計____　版面編排____　內容____　文/譯筆____　價格____

讀完書後您覺得:

　　□很有收穫　□有收穫　□收穫不多　□沒收穫

對我們的建議:_____

_____

_____

_____

11466
台北市內湖區瑞光路 76 巷 65 號 1 樓

秀威資訊科技股份有限公司　　　收

BOD 數位出版事業部

....

（請沿線對折寄回，謝謝！）

姓　　名：_____　年齡：_____　性別：□女　□男

郵遞區號：□□□□□

地　　址：_____

聯絡電話：(日) _____　(夜) _____

E-mail：_____